휴먼앤솔러지

추억 편

엄마 손은 약손

김 이 섭

신세림 출판사

엄마손은 약손

김 이 섭

누구에게나 추억은 있습니다. 아무리 세월이 흐른다 해도 추억은 사라지지 않습니다. 오히려 더 생생하게, 간절하게 우리의 가슴을 뛰놀게 합니다.

여러분은 어린 시절에 고드름을 먹어본 경험이 있었을 겁니다.

"처마 끝에 / 고드름이 / 매달려 있다.
따스한 햇살에 / 고드름이 / 녹아내린다.
아이들은 / 까치발로 / 고드름을 따서는
입안에 넣고 / 엿가락처럼 / 와삭와삭 씹는다."

친구들과 함께 잠자리채를 들고 들판을 뛰어다니던 추억도 떠오를 겁니다.

"맑게 갠 가을 하늘. / 고추잠자리들이 / 평화로이 날고 있다.
허공을 맴돌던 / 잠자리 한 마리가 / 장대 위에 내려앉는다.
동네 아이들은 / 잠자리채를 손에 들고 / 조심스레 다가간다.
잠자리는 / 발걸음 소리에 / 화들짝 놀라 / 잽싸게 날아오른다."

원두막 주인의 눈을 피해 참외를 서리하던 경험도 이제는 아련한 추억으로 남아 있습니다.

"널따란 밭에서는 / 배꼽참외가 / 노르스름하게 / 익어가고
낡은 원두막 위에는 / 둥그스름한 호박이 / 넝쿨지어 / 매달려 있다.
참외를 지키는 / 원두막 주인은 / 쌍심지를 켜고 / 주위를 살핀다.
참외를 서리하다 / 들킨 아이들은 / 혼쭐이 빠지도록 / 야단을 맞는다.
그래도 여전히 / 화가 덜 풀린 주인은 / 도망친 아이들을 / 잔뜩 벼르고 있
다."

밤늦도록 술래잡기 하던 추억도 행복하기만 합니다.

"술래가 / 눈을 감고 / 열을 세면
아이들은 / 허겁지겁 / 숨기에 바쁘다.
행여 들킬세라 / 꼭꼭 숨는다.
바둑이도 / 술래 뒤를 / 졸졸 따라다닌다.
밤늦도록 / 술래잡기가 한창이다."

엄마의 따뜻한 손도 결코 잊지 못할 겁니다.

"아이가 / 배가 아프다고 / 칭얼거린다.
엄마는 / 아이의 배를 / 살살 문지른다.
신통방통.
아프던 배가 / 언제 그랬냐는 듯이 / 금세 멀쩡하다.
아이는 / 어느새 / 스르르 잠이 든다."

이 책이 여러분 모두에게 어린 시절의 아름다운 추억과 어머니
의 따뜻한 사랑을 듬뿍 안겨주었으면 합니다.

2015년 12월 김이섭

목 차

머리글 · 2

Memory

Memory

Memory

| 하나 |

추억 ... 돌아갈 수 없기에 그리움이 되다

경대

아침이면

어머니는
작은 면빗으로
단정하게
머리를 손질한다.

주말에는

작은누나가
경대 앞에 앉아
한나절씩이나
빗질을 해댄다.

거울 속에 비친
누나의 얼굴이
왠지 낯설다.

고궁

가을 햇살이
고궁에 가득하다.

뜰에는
낙엽이
소복이 쌓여 있고

벤치에는
가을날의 추억이
스산하게 어려 있다.

돌담 아래
이름 모를 풀꽃이
홀로 외롭다.

곰방대

할아버지가
옷장 서랍에서
곰방대를 꺼내들더니

이내
곰방대에 불을 붙이고는
뻑뻑 빨아댄다.

콧구멍에서도
연기가 피어오른다.

할아버지가
허리춤에
곰방대를 찔러 넣고
마실을 나가면

할머니는
곰방대를 입에 물고
할아버지 뒤를
물끄러미 바라본다.

김치

배추 포기를
소금에 절이고
양념에 버무려
가지런히 포개놓는다.

김치 담그는 손길마다
따뜻한 정이 느껴진다.

그래서 손맛이 입맛인 거다.

손에 배어 있는 정이
입으로 전해지니까.

고목

천 년 묵은
아름드리
고목 한 그루.

오랜 세월에
앙당그레
뒤틀어져 있다.

노을빛 하늘.

동구 밖
고목나무 아래
누런 황소가
울음을 울고 있다.

황소를 모는
노인의 팔이
고목 가지처럼
앙상하다.

고추잠자리

맑게 갠 가을 하늘.

고추잠자리들이
평화로이 날고 있다.

허공을 맴돌던
잠자리 한 마리가
장대 위에 내려앉는다.

동네 아이들은
잠자리채를 손에 들고
조심스레 다가간다.

잠자리는
발걸음 소리에
화들짝 놀라
잽싸게 날아오른다.

까마중

여름이면
콩알만 한 열매가
까맣게 익어간다.

길섶 여기저기
영롱한 흑진주가
매달려 있고

까마중을 먹은
아이의 입술에는
까만 얼룩이 밴다.

세월이 흐르면
달콤했던 추억도
적이 씁쓰름해진다.

고무신

댓돌 위에
고무신이
가지런하다.

흰 고무신
검정 고무신.

분홍 고무신
색동 고무신.

한 아이가
고무신에
발을 넣고는

넓은 마당을
찍찍거리며
휘젓고 다닌다.

만원 버스

정류장에는
사람들이
줄지어 서 있고

버스 안은
콩나물시루처럼
빽빽이 들어차 있다.

사람들 사이를
간신히 비집고
버스에 오르면

안내양은
꼼꼼해진 손바닥으로
차문을 힘껏 두들긴다.

그네

야트막한 뒷동산.

우뚝한 밤나무에
그네 하나가
치렁치렁
매여 있다.

동네아이들은
차례를 기다려
하나둘씩
그네를 탄다.

그네가
높이 솟을 때마다
아이들은
함성을 질러댄다.

함성소리가
온 동네를 돌아
쩌렁쩌렁
울려 퍼진다.

공중전화

한 소녀가
버스에서 내리더니

정류장 옆에 있는
전화박스 안으로
황급히 들어간다.

소녀는
십 원짜리 동전을 넣고
다이얼을 돌리고는

전화통을 붙들고
연신 조잘거린다.

바로 옆 박스에는
스물 남짓한 젊은이가
구겨진 전화번호부를
이리저리 뒤적이고

공중전화 옆 벤치에는
단발머리 여고생들이
끼리끼리 모여 앉아
깔깔대며 떠들고 있다.

군밤

아빠는
퇴근길에
군밤을 사들고
서둘러 집으로 향한다.

할아버지는
군밤을 찾느라
화롯불을
이리저리 헤집는다.

깊어가는 겨울밤.

온 가족이
화롯가에 둘러앉아
할머니가 들려주는
옛이야기를 듣는다.

인적이 뜸한 밤거리.

가로등 아래서
군밤 장수가
청승맞게
군밤 타령을 부르고 있다.

귀성열차

기차가
산모롱이를 돌아
검은 연기를 내뿜으며
서서히 모습을 드러낸다.

기차역은
고향을 찾는
귀성객들로
발 디딜 틈이 없다.

양손에 한가득
선물 꾸러미를 든
부모 옆에서

아이는
칙칙폭폭 소리를 내며
기차놀이를 하고 있다.

그네들 마음은
이미 고향에 가 있다.

달구지

소달구지가
뽀얀 먼지를 내며
시골길을
잘도 굴러간다.

덜거덕덜거덕.

아이들은
달구지에 걸터앉아
바깥세상을
신나게 구경한다.

귀향

추억이
켜켜이 쌓인
어머니의 대지.

어릴 적
소꿉친구들과
즐겁게 뛰놀던 곳.

풀밭에 누워
하늘을 보면

하늘은 나를
꼬옥 안아주었다.

까치발을 하고
나무에 오르면

나무는 내게
목마를 태워주었다.

가는 세월에도
고향은 변치 않았다.

마을 어귀에서
송아지의 울음소리가
떠난 자의 귀환을 반겨주었다.

나팔꽃

이른 아침.

창문을 열면

나팔꽃이
활짝 웃으며

주홍빛 입술을
둥글게 말아
나팔을 분다.

나팔 소리에
다른 꽃들도
부스스 눈을 뜬다.

널뛰기

한복을 곱게 차려입은
동네 처녀들이
널을 뛴다.

한 사람씩 번갈아
하늘 위로 솟구친다.

살랑이는 봄바람에
치맛자락이 너울대고
옷고름마저 나풀댄다.

그런데
누가 보고 싶어
저리 높이 뛰어오르는 걸까.

노천카페

길모퉁이
자그마한 카페 하나.

테라스엔
꽃 화분이 가득하다.

커피 한 잔의 여유.

카페 앞을
오가는 발걸음이
새삼 정겹다.

다락방

높다란 다락방이
좁고 어둡긴 해도
제법 아늑하다.

술래잡기할 때는
이만한 곳이 없다.

야단을 맞을 때면

다락방에 올라가
서럽게 울다
그대로 잠이 든다.

다락방 벽에는
그때의 낙서가
고스란히 남아 있다.

누룽지

누룽지가
솥 바닥에 눌어붙어
떨어지지 않으면

어머니는
밥주걱으로
벅벅 긁어낸다.

아이는
밥맛이 없는지
노르께한 누룽지를
아드득아드득 씹는다.

누렁이도
제 밥그릇에
주둥이를 처박고는

누룽지 부스러기를
오돌오돌 씹어댄다.

눈

눈이 내리니
나무는 눈꽃을 피우고
들녘은 눈밭으로 변한다.

하얀 요정들의 축제.

동화에 나오는
예쁜 눈동네에는
눈사람들이 살고 있다.

어쩌면
백설 공주와 일곱 난쟁이가
이곳에 살고 있는지도 모른다.

눈길을 걷다 보면
한번쯤은
그들을 만날 수 있을 것만 같다.

눈썰매

눈이 오면

아이들은
뒷동산에 올라

엉덩이에
널빤지를 깔고
언덕을 내달린다.

벌러덩벌러덩.

아이들이
소리를 내지르며
나동그라진다.

눈범벅이 된
얼굴에는
하얀 웃음꽃이 핀다.

도시락

점심시간이
채 되기도 전에

아이들은
도시락을 꺼내
순식간에 먹어치운다.

노는 시간에는

아이들이
빈 도시락을
때그락거리며
장난을 친다.

겨울이면
난로 위에는

도시락들이
바벨탑처럼
높이 쌓인다.

올겨울.

내 마음속에
도시락이
텅 비어 있다.

눈사람

눈이 오면
아이들은
정성껏 눈사람을 만든다.

언 손을 호호 불고
시린 발을 동동 구르며.

머나먼 겨울나라에서 온
반가운 친구.

아이들은
친구와 노느라
추운 줄도 모른다.

한해가 가고
또다시 눈이 오면

눈사람과 아이들은
좀 더 성숙한 모습으로
다시 만날 것이다.

흰옷 입은 천사가 되어.

단발머리

교복을 차려입은
소녀들의 머리가
모두 가지런하다.

목덜미 아래로
뽀얀 솜털이
송송 돋아 있다.

살랑이는 바람에
검은 머리카락이
가볍게 나풀거린다.

새내기 여학생들이
단발머리를 찰랑이며
무리 지어 걸어간다.

메주

처마 밑에
메주가
덩이덩이
달려 있고

시렁에도
메주가
가지런히
놓여 있다.

서울에 사는
손자 녀석이
메주 냄새에
코를 막는다.

달동네

산비탈 아래

하늘에서
제일 가까운
동네가 있다.

밤이 되면

별들이 내려와
환히 불을 밝힌다.

시내가 한눈에
내려다보이는
달동네.

판잣집들이
게딱지처럼
다닥다닥 붙어 있고

집집마다
고달픈 삶이
그득 배어 있다.

물수제비

호숫가에 서서
납작한 돌을
물 위로 튕기면

물수제비가
물살을 가르며
힘차게 나아간다.

잔물결이
햇살 가득
둥근 원을 그리며
꿈실꿈실 일렁인다.

땔감

할아버지가
솔가지를 모아
마루 밑에 쌓아두면

할머니는
부엌으로 들어가
군불을 지핀다.

아궁이에서는
우지직 소리를 내며
불길이 치솟는다.

부엌 귀퉁이에도
겨우살이 땔감이
가득 쌓여 있다.

몽당연필

허리춤에
질끈 동여맨
책보자기.

그 안에서
딸강딸강
소리가 난다.

몽당연필이 흔들리는 소리.

몽당이가 된 연필은
신바람이 나서

요리조리
마구 헤집고
돌아다닌다.

아이는
혓바닥으로
몽당연필을
빨아대고는

공책에다
한 자 한 자
정성껏
써내려간다.

바느질

엄마가
희미한 호롱불 아래
바느질을 하면

아이들은
엄마 옆에서
실뜨기를 하고

어린아이는
한참을 칭얼대다
곤히 잠든다.

바느질이 끝나면

방 안에는
여기저기
실낱이 흐트러져 있다.

물놀이

냇물이
아침 햇살에
은빛으로 반짝인다.

아이들은
냇물에 발을 담그고
재잘재잘
이야기를 나눈다.

몇몇 아이들은
옷을 홀딱 벗고
물속으로 뛰어들더니

요란스럽게
물장구를 친다.

밥주걱

솥뚜껑이
드르륵 열리면

밥솥에서
하얀 김이
모락모락
솟아오른다.

어머니는
주걱에 물을 적셔
따독따독
밥을 담는다.

주걱에 붙은 밥풀이
무척이나 먹음직스럽다.

어머니는
밥주걱을 손에 들고
부엌문 쪽으로
흘깃 고개를 돌린다.

버선

어머니는
지폐를 꼭꼭 접어
버선 속에 숨기고는

한여름에도
발이 시리다고
너스레를 놓는다.

긴 치마 아래로
너절한 버선이
보일락 말락 하다.

봄나들이

파릇파릇 새싹이 돋는다.

어린 새싹은
세상일이 궁금했는지
뾰조롬히 고개를 내밀고는

따사로운 봄바람에
살포시 고개를 살랑댄다.

한 점 바람을 타고
봄나들이하러 가려나 보다.

복숭아

여름이면

복사나무 열매가
담홍색으로 물든다.

어머니는
잘 익은 복숭아를
광주리에 가득 담아
집으로 향한다.

서쪽 하늘에
저녁노을이
발그스름 물들면

누나의 두 뺨도
복숭아 빛으로 물든다.

종이비행기

동네 아이들이
예쁜 종이로
비행기를 접는다.

종이비행기가
포물선을 그리며
하늘을 날면

아이들은
함성을 내지르며
두 팔을 뻗는다.

마루에서는
꼬마둥이가
서툰 가위질로
종이를 오리고 있다.

봉선화

울 밑에는
봉선화가
소담스레 피어 있다.

동네 처녀들은
꽃잎을 따서
하얀 손톱을
붉게 물들인다.

옆집 처녀의
보드라운 뺨이
봉선화처럼 붉다.

엄마 손은 약손

아이가
배가 아프다고
칭얼거리면

엄마는
아이 배를
살살 문지른다.

신통방통.

아프던 배가
언제 그랬냐는 듯이
금세 멀쩡하다.

어느새
아이는
스르르 잠이 든다.

약수터

아침이면

약수터에는
빈 물통이
줄지어 늘어서고

뒷산 너머로
솔잎 태우는 냄새가
은은하게 풍겨 온다.

밤이 되면

약수터에는
쪽박만이
덩그러니 남는다.

빨랫줄

처마 밑에
빨랫줄이
매달려 있고

빨랫줄에는
옷가지들이
가지런히 널려 있다.

아버지는
헛기침을 하고
마당으로 내려와서는

축 처진 빨랫줄을
지게막대기로
곧추세운다.

옷가지들이
소슬한 가을바람에
너불너불 춤을 추면

어머니는
뽀독하게 마른 빨래를
주섬주섬 품에 걷는다.

소풍날

소풍날에는
도시락을 싸는
엄마의 손길이
분주해진다.

선잠을 깬 아이는
급히 서둘러
고운 옷으로
갈아입는다.

거리에는
아이들이
재잘거리며
줄지어 걸어간다.

소풍

며칠 전부터

널 만난다는 생각에
밤잠을 설쳤는데

새벽 빗소리에
억장이 무너지네.

실개울

실개울이
굽잇길을 따라
곱이곱이 흐르고

갯버들이
실개울을 끼고
휘늘어져 있다.

골안개는
계곡을 돌아
몽실몽실 피어나고

개구리는
얕은 실개울에서
찰방찰방 뛰논다.

우체통

우체통은
먹성이 좋다.

아무 거나
잘 먹는다.

맛이 없어도
불평하지 않고

배가 불러도
마다하지 않는다.

남의 비밀은
저 혼자서

가슴속 깊이
묻어둔다.

엿장수

짤깡짤깡.

엿장수가
엿판을 등에 지고

큼지막한 가위로
가위춤을 추며

골목골목을
누비고 다닌다.

깨엿
콩엿
호박엿.

동네 아이들이
빈병을 들고
우르르 몰려든다.

엿이 녹아
손가락에
달라붙으면

아이들은
혓바닥을 내밀어
쪽쪽 빨아먹는다.

조약돌

개울가에
조약돌이
햇살을 받아
반짝인다.

조약돌은
살결이
보드랍고
매끈하다.

날마다
맑은 물에
몸을 씻어
그런가 보다.

장날

닷새에 한 번.

동네 전체가
시끌시끌하다.

대목을 맞은 장터는
장 보러 온 사람들로
발 디딜 틈이 없다.

동네 아이들도
한껏 들뜬 표정으로
짓떠들며 돌아다닌다.

장터 구석에서는

사내아이들이
빙 둘러서서
딱지치기를 하고 있다.

솜사탕

작은 구멍으로
하얀 구름이 피어올라
막대기에 돌돌 감기더니

삐주룩한 고깔모자를
질끈 동여매고
덩실덩실 춤을 춘다.

눈이 빠져라
기다리던 아이는
혀를 날름 내민다.

보드레한 솜사탕이
아이의 입안에서
스스르 녹으면

아이의 얼굴에는
달콤한 미소가
그득히 차오르다.

쥐불놀이

정월 대보름.

동네 아이들이
방죽으로 몰려와

빈 깡통에
바람구멍을
숭숭 뚫고는

깡통의 양쪽에
긴 철사로
끈을 매단다.

아이들이
쥐불 담은 깡통을
허공에 대고
빙빙 돌리면

시뻘건 불꽃이
둥근 원을 그리며
밤하늘을 수놓는다.

코스모스

길섶에
코스모스가
활짝 피어 있다.

하늘하늘.

소슬한 가을바람에
애잔하게 흔들리면

은은한 꽃향기가
코끝을 스치운다.

썰매타기

동네아이들이
얼음판 위에서
신 나게 썰매를 탄다.

장갑 낀 손으로
꼬챙이를 움켜쥐고
열심히 썰매를 지친다.

썰매 뒤를 쫓는
아이들은
연신 엉덩방아를 찧는다.

정신없이 노느라
물에 젖은 발이
얼어붙는 줄도 모른다.

참새와 아이들

쨱쨱.

일찍 잠을 깬
참새들이
온종일
재잘거린다.

동네 아이들도
끼리끼리 모여
쉴 새 없이
재잘거린다.

가지 끝에 앉은
어린 참새는
돌팔매질에 놀라
호로록 날아오른다.

오솔길

오솔길은
산마루를
다정하게
굽이감고

밤안개는
오솔길을
몽롱하게
치감는다.

허수아비

황금빛 들판.

밀짚모자를 눌러쓴
허수아비가
두 팔을 벌리고 서 있다.

바람이 불면

허수아비는
쇠 방울이 달린 종을 흔들어
딸랑딸랑 소리를 낸다.

그리고 흥에 겨우면

음악에 맞춰
덩실덩실 춤을 춘다.

가끔은
지나가는 나그네에게
안부를 묻는다.

풋고추

뒷마당 한구석에
텃밭을 일궈
고추를 심었더니

밤새
고추가
쑥쑥 자란 것 같다.

우지직우지직.

풋고추를
된장에 찍어

햇보리 밥을
배불리 먹는다.

학교 가는 길

학교 가는 길.

아이의 발걸음이
무척 가볍다.

등 뒤에 멘
알록달록한 가방은
무얼 먹었는지
배가 불룩하다.

아이는
뒤뚱거리며
잘도 걸어간다.

고사리 같은 손에는
작은 손가방이
꼬옥 쥐어져 있다.

책갈피

가로수 아래
단풍잎.

고이 주워
책갈피에
끼워 놓는다.

한 장 한 장
책갈피를 넘기면

아득한 추억이
되살아난다.

소녀는
책갈피에서
단풍잎을 꺼내어
예쁜 엽서를 만든다.

구름

구름은
참 요상하다.

잠시도
가만있지 않고
자꾸자꾸 변한다.

뭉게구름,
새털구름,
버섯구름.

꽃처럼
피어오르는
구름송이.

하늘은
심심하지 않겠다.

구름이
온종일 재롱을 떠니까.

호떡

맛있는 호떡이
철판 위에서
노릇노릇 익어간다.

호떡 장수는
반죽을 누르고
앞뒤로 뒤집는다.

한참을 기다리던 아이는
침을 꼴깍 삼키고는
단숨에 한입 베어 문다.

싯누런 단물이
입언저리에
끈적하게 달라붙는다.

소나기

파란 하늘.

갑자기
먹구름이 몰려오더니

이내
소나기가
후드득 쏟아진다.

소나기에
온몸이 함씬 젖으면

내 마음도
시원하게 씻겨 내린다.

유모차

잘랑잘랑.

유모차가
방울소리를 내며
공원을 오가면

어느새
아기는
새근새근 잠이 든다.

아기의 새뽀얀 얼굴이
시리도록 예쁘다.

콧노래

사람들은
흥이 나면
나를 부르곤 해.

그런데
그리 자주
부르진 않아.

내가 별로
맘에 들지 않나 봐.

| 두울 |

소중한 기억 ... 한장의 작품이 되다

지팡이

꼬부랑 할머니가
지팡이를 짚고

꼬부랑 고갯길을
쉬엄쉬엄 오른다.

지팡이는
손때가 묻어
반질반질 윤이 난다.

어느덧
지팡이 너머로
어둑어둑 날이 저문다.

겨울나무

겨울나무는
눈이 내리면

하얀 눈옷으로
온몸을 감싼다.

찬바람이 불면
추위를 잊기 위해

떨리는 입술로
휘파람을 분다.

앙상한 가지 끝에
겨울이 매달려 있다.

방앗간

명절이 다가오니
방앗간이 부산하다.

찰까당찰까당.

오랫동안 쌓인 먼지를
말끔히 털어내고

방아 찧는 기계가
쉴 새 없이 돌아간다.

동네 골목마다
떡방아 찧는 소리가
쩌렁쩌렁 울려 퍼진다.

농부

한여름의 뙤약볕.

구레논에서
늙은 농부가
김을 매고 있다.

농부의 이마에
구슬 같은 땀방울이
송알송알 맺힌다.

농부는
이마에 맺힌 땀을
손등으로 닦아낸다.

농부의 거친 손바닥이
꿉꿉하게 젖어 있다.

후텁지근한 공기가
치덕치덕 몸을 휘감으면

농부의 얼굴이
뻘겋게 달아오른다.

고드름

처마 끝에
고드름이
매달려 있다.

따스한 햇살에
고드름이
녹아내린다.

아이들은
까치발로
고드름을 따서는

입안에 넣고
엿가락처럼
와삭와삭 씹는다.

농악

풍년이 드니

농부들이
절로 흥겹다.

농부들은
한데 어우러져
농악을 울리며
신명 나게 논다.

농악대가
꽹과리 소리에 맞춰
온 동네를
휘젓고 다니면

동네아이들도
신이 나서
농악대 뒤를
졸졸 따라다닌다.

꽃자리

갓 피어난 꽃들이
아직은 낯설다.

그래도
제법 의젓하게
자리를 잡고 있다.

꽃마다
미소 띤 얼굴이
발그레하게
상기되어 있다.

꽃자리에 스며든
뽀얀 꽃내음이
무척이나
상큼하다.

억새

산마루 너머로
은빛 물결이 넘실대면

억새 자락에 휘감겨
은빛 바다를 거닌다.

가을 억새의 추억.

억새풀 사이로
가을이 진다.

모내기

이맘때면
논에서는
모내기가 한창이다.

아침 일찍부터
써레질을 한 논에
모를 심는다.

두레꾼들이
흥에 겨워
가락을 뽑아대며

허리를 굽히고
못줄에 맞추어
나란히 모를 심는다.

아낙네들이
함지에 밥을 담아
가져다 놓으면

두레꾼들은
밥 한 그릇을
뚝딱 해치운다.

나비

나비 한 쌍이
이 꽃 저 꽃
넘노닐다

너울너울 춤을 추며
어디론가 날아간다.

한 아이가
방실대며
나비 뒤를 쫓는다.

낚시터

낚시를 드리우면

수면 위로
잔잔하게
파문이 인다.

낚싯대를 잡은 손이
파르르 떨리고

낚시에 걸린 물고기가
파드닥거린다.

물고기는
주둥이를 뻐끔거리며
처절하게 몸부림친다.

같이 온 아이들은
낚시터 주변을
온통 헤집고 돌아다닌다.

술래잡기

술래가
눈을 감고
열을 세면

아이들은
허겁지겁
몸을 숨긴다.

행여
들킬세라
꼭꼭 숨는다.

바둑이도
술래 뒤를
졸졸 따른다.

밤늦도록
술래잡기가
한창이다.

목욕탕

명절이 되면

목욕탕은
동네사람들로
시끌벅적하다.

욕탕에는
수증기가
뿌옇게 서리고

천장에는
물방울이
송골송골 맺힌다.

아이들은
빨래판으로
털버덕털버덕
물장난을 친다.

한 아이가
조그만 대야를
손에 꼭 쥐고
아빠 뒤를 따른다.

장화

밤새 내린 소나기에
구덩이가 패었다.

동네 아이들이
큰 장화를 신고

진흙 구덩이에서
장난을 친다.

장화 목이 너무 길어
이리저리 기우뚱댄다.

노란 장화를 신은
여자아이가

아이들을
힐끗 쳐다보고는

구덩이 옆을
그냥 지나친다.

일기장

별일도 아닌데

무슨 큰일이라도
벌어진 거처럼

미주알고주알

다 일러바치네.

세발자전거

바퀴가 셋 달린
조그마한 자전거.

어린 아이가
자전거를 타고
쌩쌩 달린다.

아이의 표정이
자못 진지하다.

지구를 한 바퀴
내달릴 기세다.

아랫목

추운 겨울에는
누가 뭐래도
아랫목이 제일이다.

뜨스운 아랫목에
눕기만 하면
저절로 눈이 감긴다.

엄마는
아랫목에
이불을 펴고는

밥이 식지 않게
아랫목에 묻는다.

밖에서 놀다
들어온 아이는

따뜻한 이불 속으로
발을 쑥 들이민다.

운동회

운동장에는
오색 만국기가
나부끼고

확성기에서는
흥겨운 노랫소리가
울려 퍼진다.

청군과 백군으로
갈라선 아이들은
자기편을 응원하느라
정신이 없고

상대편 선수에게
행여 뒤질세라
이를 악물고
달음박질한다.

운동회가 끝난
운동장에는
잡동사니들이
널브러져 있다.

세배

설날 아침.

동네 아이들이
설빔으로 곱게 차려입고
웃어른에게 세배를 다닌다.

맛있는 떡국
부침개와 나물
수정과와 강정.

푸짐하게 상이 차려진다.

세배가 끝나고
아이들의 손에는
세뱃돈이 쥐어져 있다.

아이들의 얼굴이
보름달처럼 환하다.

산마루

산마루 아래
외딴 초가집.

밥 짓는 연기가
모락모락 피어오르고

들녘에는
풀벌레 소리가
찌르륵찌르륵 들려온다.

고목 위의 새 한 마리.

살포시 날개를 퍼덕이며
어슬한 어둠 속으로
홀연히 사라져간다.

골목대장

골목길에는
무시무시한 대장이
살고 있다.

동네아이들은
대장 앞을 지날 때면
모두 고개를 조아린다.

비좁고 어두운 골목.

우리들의 영웅은
드넓은 세상을
홀로 지키고 있다.

초가집

산등성이 너머
초가집들이
옹기종기 모여 있다.

삐거덕.

사립문을 열고
안으로 들어서면

금방이라도
누군가가
반길 것만 같다.

초가지붕 위로
보름달이
휘영청 밝다.

고물상

집에 가는 길에
아이들은

길바닥에서
빈 병을 주워들고

고물상에 가져다
엿과 바꾸어 먹는다.

쇳조각이나
깨진 유리조각도

고물상에서는
대환영이다.

느티나무 옆
고물상 마당에는

온갖 잡동사니들이
널브러져 있다.

구두닦이 소년

구두닦이 소년이
멜빵 달린 통을
어깨에 둘러메고
거리로 나선다.

온화해 보이는
반백의 중년 신사가
다정한 목소리로
소년을 부른다.

소년은
구두에 약을 바르고
침을 묻혀가며
열심히 문지른다.

신기하게도
헌 구두가
새 구두처럼
반짝반짝 윤이 난다.

두레박

수양버들이
살갑게 휘늘어진
동네 밖 우물가.

물 길러 온 아낙네들이
오붓이 둘러앉아
한참 수다를 떤다.

한 아낙네가
우물 속 깊이
두레박을 내려뜨린다.

두레박은
한참을 내려가더니
첨벙 소리를 낸다.

아낙네는
두 손으로 힘껏
두레박을 올리고는

몹시 목이 말랐는지
두레박에 담긴 물을
단숨에 들이킨다.

김장

찬바람 부는
김장철이 되면

김치를 담그느라
아낙네들의 손길이
바빠진다.

앞마당에는
김장거리가
수북하게 쌓이고

부엌에서는
도마질하는 소리가
들려온다.

김장을 담그고
남은 배추는
겉절이로 무친다.

김장이 끝나고 나면

잘 익은 포기를

썩둑썩둑 썰어
밥상에 올려놓는다.

느티나무

마을 어귀에
자리 잡은
아름드리 느티나무.

젊은 농부가
느티나무 옆길로
소를 몰고 지나간다.

느티나무 그늘은
한여름에도
늘 선선하다.

동네 어른들이
느티나무 그늘 아래
돗자리를 깔고는

삼삼오오 모여 앉아
장기를 두고 있다.

단비

오랜 가뭄 끝에
단비가 내리면

메마른 대지가
촉촉이 젖어든다.

맥없이 늘어진
어린 새싹들.

그제야
비죽배죽
고개를 내민다.

세상이 온통 초록이다.

병아리

병아리들이
조잘대며
몰려다니다

어미닭이
구구하고 부르면

삐악삐악 대답한다.

비가 오면

병아리들은
뽀르르 달려와
어미 품에 덥석 안긴다.

봄꽃

봄꽃이
양지바른 정원에
흐드러지게 피어 있다.

어여쁜 나비들은
나래를 나울거리며
한가로이 넘노닌다.

하얀 나비 한 마리.

너울너울 춤을 추다
노오란 꽃잎 위에
너부시 내려앉는다.

살랑대는 봄바람에
수천 송이의 꽃보라가
은은하게 피어오른다.

봄바람

돌담길을 따라
노란 개나리가
봄을 머금고
피어 있다.

봄바람을 타고
코 끝에 스며드는
고향의 흙내음이
싱그럽기만 하다.

하늘 위에는
누군가가
하얀 보따리를
풀어헤쳐 놓았다.

바람개비

바람개비가
뱅글뱅글
잘도 돈다.

시원한 바람에
바람개비도
신이 난 모양이다.

자칫하다가는
아주 멀리
날아가버리겠다.

외양간

외양간에는
여물을 잔뜩 먹은
누런 황소가

눈을 깜빡대며
느릿느릿
새김질을 한다.

외양간 옆
두엄 더미에서는

퀴퀴한 냄새가
코를 찌른다.

썽둥썽둥.

할아버지는
아무 말 없이

낡은 작두로
여물을 썬다.

푸줏간

푸줏간 주인이
저울대 위에
고기를 올려놓고

꼼꼼하게
눈금을 살피더니

신문지를 찢어
고기를 둘둘 만다.

어머니가
푸줏간에서
국거리를 사 오면

아침상에는
어김없이
고깃국이 오른다.

팽이치기

추운 겨울날.

동네아이들이
얼음판 위에서
팽이치기를 한다.

꽁꽁 언 손을
호호 불어가며
팽이를 돌리면

팽이는
뱅글뱅글
잘도 돌아간다.

연날리기

종이에
댓가지를 붙이고
실로 꿰어
연을 만든다.

수업이 끝나면
아이들은
한걸음에 내달려
들판으로 모여든다.

하늘 위에서는
형형색색의 연들이
저마다 한껏
멋진 자태를 뽐낸다.

나비연
제비연
봉황연

방패연
접시연.

생김새도 참 다양하다.

높이 솟은 연들은
흥에 겨워
꼬리를 흔들어댄다.

천하대장군

얼굴은 험상궂은데
마음씨는 착해서

행여 무슨 일이 생길까

밤새 눈을 부릅뜨고
온 동네를 지키고 있네.

연못

연꽃이
활짝 핀
작은 연못.

잉어들이
한가로이
헤엄쳐 다닌다.

첨벙.

갑자기
개구리 한 마리가
연못 속으로 뛰어든다.

참외 서리

널따란 밭에서는
배꼽참외가
노르스름하게
익어가고

낡은 원두막 위에는
둥그스름한 호박이
넝쿨지어
매달려 있다.

원두막 주인은
참외를 지키려
쌍심지를 켜고
주위를 살핀다.

참외를 서리하다
들킨 아이들은
혼쭐이 나도록
야단을 맞는다.

그래도 여전히
화가 덜 풀린 주인은

도망친 아이들을
잔뜩 벼르고 있다.

신호등

빨리 가고 싶은데
가지 말라고 붙잡으니
이를 어쩌나.

화를 낼 수도 없고
그냥 갈 수도 없고.

벼이삭

식구가 늘다 보니

이런저런 고민에
어깨가 늘어지고
허리마저 굽어졌네.

옹알이

자꾸 뭐라고
말을 하긴 하는데

도대체
무슨 말인지
알 수가 없네.

내가 잘못 들은 건지.
내 귀가 막힌 건지.

지게

뻐꺼덕뻐꺼덕.

나무꾼이
땔감을 잔뜩 지고
산길을 내려온다.

나무꾼은
지게막대로
장단을 치며
콧노래를 흥얼댄다.

나무 그늘 아래
지게를 내려놓고
이마에 맺힌 땀을
손등으로 닦아내면

동네 아낙네들이
바구니를 손에 들고
나물을 캐러
산에 오른다.

| 세엣 |

소소한 일상 ... 내 마음속에 쌓인다

각설이 타령

동냥아치들이
남루한 차림새로
바가지를 두드리며

각설이 타령을
신명나게 부른다.

얼씨구씨구.
절씨구씨구.

작년에 왔던 각설이가
올해도 어김없이 돌아왔다.

갈대

스르륵스르륵.

갈대가
강바람에
서로 부대낀다.

산 그림자가
갈대밭을
서서히 드리우면

황혼녘에
갈대가
몹시도 처연하다.

개구리

겨울잠에서
깨어난 개구리가
연신 기지개를 켜며
사지를 쭉쭉 뻗는다.

개굴개굴.
개굴개굴.

개구리는
울음주머니를
뽈록거리며
목청껏 울어대고 있다.

대나무

오랫동안
키가 자라지 않아
병이 난 줄 알았는데

하룻밤 사이에
이렇게 자랄 줄은
꿈에도 몰랐네.

맷돌

둥글넓적한
윗돌 아가리에
알곡을 넣고
손잡이를 돌리면

고운 가루가
혼비백산이 되어
돌무덤을
뛰쳐나온다.

떡장수 할머니는
쪽마루에 걸터앉아
쪼글쪼글한 손으로
맷돌을 돌리고 있다.

교회당

앞산 중턱에
우뚝 솟은
교회당.

첨탑 위에
십자가가
유난히도 고고하다.

땡그랑땡그랑.

땅거미가 내리면
어김없이 들려오는
은은한 종소리.

하얀 십자가가
석양에 눈부시다.

머플러

뭐가 그리 좋은지

목에 꼭 달라붙어
좀처럼 떨어지질 않네.

모래

작다고 얕보지 마라.

세상을 두루 편력하고
온갖 풍상을 견뎌내고

고향으로 돌아와
곤히 잠들어 있는 것이다.

파도소리에 취해.

도토리

누가
내 밥을 가져갔지.

방금 전까지
여기 있었는데.

그래.

나보다 더
배고픈 사람이
가져갔을 거야.

다람쥐

호젓한 산길.

나뭇가지 사이로
유리 햇살이
주렁주렁 매달려 있다.

빠사삭대는
다람쥐 소리.

창연(蒼然)한 적막이
여지없이 흐트러진다.

아름드리 수풀 아래
다람쥐 한 마리가
요리조리 분주하다.

때글때글하게
잘 여문 도토리 하나.

다람쥐는
잠시 주위를 살피더니
잽싸게 볼주머니에 집어넣는다.

부채

부채를 든
아낙네들이
길컨에 나앉아
바람을 쐰다.

오두막에서는
동네 사람들이
한 손에 부채를 쥐고
수박을 먹는다.

마을 노인들은
나무그늘에 앉아
부채를 부치며
장기를 둔다.

할머니는
잠든 손자 곁에서
모기를 쫓느라
연신 부채질을 한다.

아이들은
그늘진 뒷마루에

나란히 걸터앉아

시원한 화채를
차례대로 들이킨다.

송편

팔월 한가위.

온 가족이
한데 모여
송편을 빚는다.

멥쌀가루 반죽을
손바닥에 올려놓고
동그랗게 굴린 다음

반달 모양으로 빚어
소(素)를 넣는다.

부엌에서는
커다란 시루에
떡을 찐다.

시루에서
하얀 김이
모락모락 피어난다.

미루나무

강변을 따라
키다리 나무들이
나란히 서서

하늘을 향해
늘씬한 자태를
뽐내고 있다.

그 무덥던 여름날.

매미는
미루나무 위에서
뜨겁게 아주 뜨겁게
울고 있었다.

보조개

아기가
방시레 웃으면

토실한 볼이
조개처럼 옴쏙 파인다.

나팔꽃이
담장을 넘어

방시레하고
꽃망울을 터뜨린다.

산토끼

발름발름.

토끼가
코를 벌렁거리며
냄새를 맡더니

야금야금.

맛깔스럽게
풀을 뜯어먹는다.

쫑긋쫑긋.

기다란 귀를
삐죽하게 세우고는

깡충깡충.

인기척에 놀라
숲속으로 달아난다.

사과

가을을 타서 그러는지
누굴 애타게 기다리는지

얼굴이 온통
빨갛게 상기되어 있네.

숭늉

아버지가
식사를 마치고
수저를 내려놓으면

어머니는
대접을 들고
부엌으로 내려간다.

가마솥에서는
구수한 숭늉이
폴폴 끓어오른다.

아버지는
단숨에 숭늉을 마시고는
끄르륵 트림을 한다.

빨래터

개울가에서
마을 아낙네들이
빨래를 하고 있다.

토닥토닥.

장단에 맞추어
빨랫방망이를
신나게 두들긴다.

아낙네들은
손이 시린지
입김을 호호 불어댄다.

한 아낙네가
깨끗이 헹군 빨래를
힘껏 쥐어짜고는

가지고 온 빨래를
주섬주섬 챙겨
서둘러 일어선다.

소나무

허리가 굽었는데
이리 당당할 수 있을까.

꾸미지도 않았는데
이리 단아할 수 있을까.

보면 볼수록
은근한 매력에 빠져드네.

절구

어찌나 야무지던지

있는 힘껏 내려쳐도
눈 하나 깜짝 않고
꿈쩍도 하지 않네.

전차

땡땡땡.

전차가
종을 울리며
시내 한복판을
가로지른다.

백발의 할머니가
보따리를 머리에 이고
구부정한 허리로
전차에 오르면

양복 입은 노신사는
전차에서 내려
후미진 골목길로
발걸음을 재촉한다.

신문팔이 소년

신문팔이 소년이
신문지 뭉치를
팔에 꼭 끼고
거리로 나선다.

거리에는
오가는 행인들이
호기심 어린 눈으로
소년을 쳐다본다.

어두운 지하계단에는
껌팔이 소년이
너부러진 신문지를
힘겹게 집어 든다.

쓰레기통

왜 자꾸
네 손에 든 걸
나한테 주는 거니.

내가 불쌍해서 그러니.

그런데
왜 나를 발로 차는 거니.

내가 미워진 거니.

네가 주는 걸
받아먹기만 해서.

아궁이

툇마루 아래
검게 그을은
아궁이가 있다.

터덕터덕.

꼬부랑 할머니가
군불을 지피려
부지깽이로 쑤셔댄다.

아궁이 위로
모락모락
김이 피어오른다.

옥수수

여름이면
옥수수가
훌쩍 자라고

낟알 틈에
옥수수수염도
덥수룩하게 자란다.

텃밭에서는
옥수수 알이
잘도 여물어간다.

한 아이가
엄마를 기다리다

옥수수 대를
질겅질겅 씹고는

마루 위에 드러누워
쌔근쌔근 잠든다.

이슬

또르르.

이슬방울이
갈댓잎 아래로
굴러 떨어지면

그녀의 눈에도
이슬 같은 눈물이
방울져 떨어진다.

인형

인형처럼
귀여운 아이가

아기 곰 인형을
가지고 놀다

꼬마 인형을
꼭 껴안고는

자장자장
잠을 재운다.

해바라기

아무리 더워도
얼굴 한 번
찡그리지 않고

하루 종일
해맑게 웃고 있네.

항아리

작은 키에
다리도 짧고
배가 볼록하네.

뭐가 그리 좋은지
헤벌쭉한 주둥이를
다물지 못하네.

집 뒤뜰에 있는 장독대.

배불뚝이들이
다정하게 기대어
햇볕을 쪼이고 있네.

주전자

부글부글
속이 끓어도

주둥이를 내밀고
씩씩거리기만 하네.

참새

무슨
할 말이
그리 많은지

아침부터
마당에 나와

쉬지 않고
조잘대고 있네.

자장가

가만히
듣기만 해도
저절로 잠이 와.

아무리
눈을 뜨려 해도
감기는 걸 보니

꿈나라로 가는
행진곡인가 봐.

청포도

불볕더위에도
마르지 않고

가지마다
땀방울이

주렁주렁
매달려 있네.

하모니카

아이들은
나무막대로
하모니카를 만들어

볼이 터지도록
바람을 불어댄다.

전철 안에서는
앞 못 보는 노인이
하모니카를 불며

승객들에게
한 푼을 구걸한다.

창호지

창호지에
옅은 그림자가
어른거리고

창호지 틈으로
희미한 불빛이
새어 나오면

호기심 많은
동네 아이들은

마루 위로
살금살금
기어오른다.

아침이면
따사로운 햇살이
누런 창호지에
엷게 스며든다.

구름

무슨 일이 있는 걸까.

이리 갔다 저리 갔다
잠시도 가만있지 않으니.

낮잠도 자지 않는가 보다.

걸레

남들은
열심히 닦으면
깨끗해진다는데

나는 왜
닦으면 닦을수록
더러워지는 걸까.

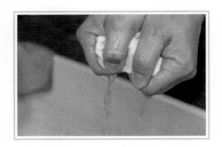

공

내가 어디로 튈지는
아무도 몰라.

누구한테도
말하지 않았으니까.

그런데 사실은
나도 잘 몰라.

그래서
내 자신을
믿을 수가 없어.

빗자루

난 아무래도
결벽증이 있나 봐.

바닥이 더러우면
참지를 못하니까.

먼지를 다 쓸어내야
직성이 풀리니까.

사전

어찌나
아는 게 많은지

뭘 물어도
모르는 게 없네.

언제
그 많은 걸
다 배웠을까.

젓가락

젓가락은 쌍둥이다.
생긴 게 똑같다.

식사시간이 되면

둘이 나란히
식탁에 올라

두 손을 모으고
차례를 기다린다.

행여 떨어질까
숟가락 옆에
바싹 붙어 있다.

철가방

버튼만 누르면

요술램프에서
맛있는 음식이
마구 쏟아진다.

다 먹고 나면

빈 접시들이
램프 속으로
감쪽같이 사라진다.

엄마 손은 약손

초판인쇄   2015년 12월 18일
초판발행   2015년 12월 22일

지은이   **김 이 섭**
펴낸이   **이 혜 숙**   펴낸곳   **신세림출판사**
등록일   **1991년 12월 24일 제2-1298호**

04559 서울시 중구 창경궁로 6, 702호 (충무로5가, 부성빌딩)
전화 **02-2264-1972**   팩스 **02-2264-1973**
E-mail : shinselim72@hanmail.net

정가 **10,000원**

ISBN 978-89-5800-163-8, 03810